KB056135

코르크 왕국

정연홍

1988년 『부산일보』 신춘문예를 통해 동화 작가로, 2005년 『시와 시학』을
통해 시인으로 등단했다.
동아대학교 문예창작학과 대학원에서 석사를 졸업했다.
시집 『세상을 박음질하다』를 썼다.

파란시선 0057 코르크 왕국

1판 1쇄 펴낸날 2020년 6월 20일
지은이 정연홍
디자인 최선영
인쇄인 (주)두경 정지오
펴낸이 채상우
펴낸곳 (주)함께하는출판그룹파란
등록번호 제2015-000068호
등록일자 2015년 9월 15일
주소 (10387) 경기도 고양시 일산서구 중앙로 1455 대우시티프라자 B1 202호
전화 031-919-4288
팩스 031-919-4287
모바일팩스 0504-441-3439
이메일 bookparan2015@hanmail.net

ⓒ정연홍, 2020, printed in Seoul, Korea

ISBN 979-11-87756-68-2 03810

값 10,000원

코르크 왕국

정연홍 시집

자본주의는 사각형이다
사각의 집에서 일어나 사각 전철을 타고
사각의 건물로 출근하는 지구인들
뇌 속에 사각의 생각들이 자란다
프랑켄슈타인이 돌아오고 있다

종말이 시작될 것이다

차례

제3부

제1부

천남성(天南星)

운남성 옆 작은 성이라고 생각했다 이름처럼 이쁜 마을일 거라 상상했다 그를 보고 두 번 놀랐다 작고 치명적인 꽃이었다 그가 꺾어 준 열매는 핏물이 번지는 산삼 꽃이었다 극양(極陽)이었다

장희빈이 먹은 사약이 이것이었다니 어떤 사람들은 스스로 사약을 마신다 끈을 놓아 버리고 어둠 깊이 침잠하는 느낌이란, 나도 가끔 그럴 때가 있다 어디론가 떠나고 싶을 때가

그럴 때마다 천남성이 내게로 왔다 첫 남성이었다 절망적인 극약으로 위장한 당신 나는 소량의 싸이나를 먹으며 매일 조금씩 죽어 가고 있었다 뿌리는 호랑이 발바닥이었다 우린 발바닥만 믿는 족속들이다

잎이 지면 알게 된다 뿌리를 뽑아 보면 호랑이가 나왔다 내동댕이쳐도 죽지 않았다 첫 남성은 치명적이게도 세월이 흐를수록 또렷해졌다 화가 오키프는 꽃만 그리다가 꽃처럼 시들었다

기린

기린의 목은 높은 데 있어서
아프리카 초원 어디든 볼 수 있지만
뿔은 나쁜 기억들로 자꾸 솟아오르지

싱크로나이즈드 스위밍은 거꾸로 서야
예술이 되고
발바닥을 펼쳐 보여야 발레가 되지
발 구린내를 오래오래 감추고 있다가
관중들에게 확 향기를 풍겨 주어야
감동을 주지

오,
아름다운 예술이라고 사람들이 박수를 치지
얼굴이 보이지 않도록 물속에 처박혀
헉 헉 발목만 내민 채
안녕하세요
이게 제 진짜 모습이에요
발가락으로 웃으면 사람들이 좋아하지
박수를 치는 사람들도 가면을 쓰고 있지

칸딘스키는 그림을 거꾸로 보고서야
그림을 보게 되었다지
거꾸로 그리고 나서야 비로소 화가가 되었다지
아방가르드도 그렇게 태어났다지

거꾸로 보아야 세상도 제대로 보이지
사람들이 오른쪽을 보고 있을 때
왼쪽을 바라보면 고문관이라는 소리를 듣지
난 고문관이 아니야

세상은 그런 게 아니지
사람들은 자꾸 말을 거꾸로 하지
나는 거꾸로 생각하는 버릇이 있지
건물이 큰 이유는 밀담을 나누기에 좋기 때문이지

기린은 키가 너무 커 숨을 데가 없지

?

세상에서 가장 가벼운 의자
세상에서 가장 큰 의자
세상에서 가장 기하학적인 의자

밑에서 보면 ?
옆에서 보면 구부러진 철근 덩어리

구름을 만들어 내고
휘파람을 불고
새들을 생산하여 날려 보내기도 한다

누가 저런
멋진 의자를 만든 거야
오늘은 세상에 비를 뿌리고
내일은 태양이 되기도 한다

저 ? 의자에
누구나 한 번은 꼭
앉아야 하는데

의자의 존재를 모르고
지상에 몸 붙이고 살아가는 족속들

오늘도
목숨을 하늘로 실어 올리는
타워크레인

유리뱀

유리창을 통과한 뱀이 허공에 멈춰 있다
맑은 날 유리창을 바라보면
내가 안쪽에 있는 것인지 바깥쪽에
있는 것인지 알 수 없다

바람은 유리창 앞에서 되돌아간다
덜컹거리는 불안을 남겨 두고 간다
나는 어디에 있는 걸까

외투를 벗으면 겨울의 꺼풀이 벗겨진다
거리를 걸으면 시선의 길이 느껴진다
날개가 돋아날 것처럼 가볍고 가렵다
내겐 벗을 수 없는 유리 꺼풀이 있다

유리뱀은 위험한 순간
자신을 깨 버린다
조각난 유리가 숲속에 뒹군다

하늘 끝에는 거대한 유리가 있다
유리 천장은 아직 깨뜨릴 수 없다

내게도 그런 투명한 유리 천장이 있다

발칙한 플라스틱

플라스틱을 먹는다

플라스틸 나물 플라식탁 밥 플라식틱 국 플라숯틱 고기
플라소틱 김치 플라수틱 물고기

플라스틱 밥상
플라숙틱 집
플라속틱 베개
플라순틱 이불

평생 나만 사랑해 주기로 약속한
플라술틱 애인

플라서틱 자동차를 타고
플라사틱 도시를 지나
플라ㅅ틱 사출 공장 공원인
나

플라스틱 풀라스틱 푸라스틱 뿌라스틱
플라스 인생

플라스틱 인간
플라ㅅㅌ이 지구를 지배한다
플라스틱 우주

플라선틱 비행기가 날아간다

고래 배 속에서 드론이 발견되었다

펭귄 잡는 법

펭귄을 잡으려면
두 가지를 알고 남극으로 가야 한다
펭귄의 천적은 물개와 고래
사람은 본 적이 없으므로 착한 이웃으로 생각한다
가까이 가면 멀뚱히 쳐다본다

맨손으로 잡으려고 하다간 부리에 물려 피를 본다
날개를 잡으려고 하다간 싸대기를 맞아
훈장을 받는다

그냥 고깔모자 하나를 벗어 씌워 주면 된다
펭귄이 모자를 쪼다가 스스로 갇히게 된다
고깔모자는 펭귄을 잡을 때 쓰라고 만든 모자다

펭귄의 몸통을 들어 올리면 로켓포를 맞게 된다
냄새와 더러움을 남기는 화학탄이다
육십 메가 파스칼의 압력은 피멍을 남긴다
사람은 칠 킬로 파스칼의 화학탄을 가지고 있다

펭귄은 두 달을 먹지 않고 살 수 있다

펭귄은 영하 오십 도에서 살아간다
펭귄은 날지 않고도 살아남는다

펭귄을 잡기 전 미안해, 말해 보라
펭귄은 두 눈을 또르륵 굴릴 것이다

Back Fire

밸브를 열자 호스 속에서 뱀이 나온다
쉬익
가스는 뜨거운 뱀의 혓바닥을 가지고 있다
간사스럽다

라이터를 켠다
지구는 불로 탄생했고 불로 망하리라

밸브를 더 열자
뱀 열세 마리가 나온다
혀를 날름거리며

미처 나오지 못한 한 마리
토치 건너 호스 안쪽으로 미끄러져 들어간다
펑 불꽃이 터진다
까맣게 타 버린 배암
가루가 되어 허공에 날린다

자기 길로 가지 않은 벌이다
온전한 길 버려둔 채

뱀의 길을 가려는 사람들
그 길 가려다 역화(逆火)되어 버리는 사람들
뱀이 되어 불에 그슬려지는 사람들

마음의 구렁이는 친친 집을 휘감는다

달의 착시

저 눈깔사탕은 어느 공장에서 만든 것일까
어떤 여공이 자기의 눈동자처럼 초롱초롱한 걸 만들어
낸 것일까
혀를 대면 녹아내릴 것 같다

누군가에겐 달콤하고 누군가에겐 쓰디쓴 알약
설탕 덩어리를
누가 저기에 걸어 놓은 것일까
막대기는 어디로 달아나 버린 걸까

$C_{12}H_{22}O_{11}$
포도당과 과당이 결합되어 설탕이 된다
공장에서는 오늘도 눈엿(雪糖)이 만들어진다
세상이 설탕으로 가득하다
달달하다

사탕을 먹으며 사람들이 깔깔거린다
오감이 살짝 마비되는 마약
눈보라가 휘청거리는 밤거리, 오늘 밤
하늘에서 설탕 가루가 쏟아져 내린다

행성 요리사

우주를 요리하면 어떤 맛일까
가스버너에 불을 붙이자 흑점이 있는
태양이 만들어졌다 적당한 슬픔을 배추에 버무려
지구라고 부른다 초록의 행성엔 채식주의자들이 살고
있으므로
샐러드가 필수 요리다

시금치를 냄비에 넣고 수성이라 부른다
대기 중엔 나트륨이 있으므로 소금 세 스푼을
넣는다 고혈압과 친구가 될 수 있으므로 조금만

계란을 풀고 참기름을 뿌려 구름을 만들었다
화성이라 이름 붙여도 될까
대기 중엔 CO_2가 많으므로 사이다를 넣어 준다
계란찜에 탄산을 넣으면 어떤 맛일까
화성 요리는 탄산수처럼 톡 쏘는 맛일 것 같다

우주의 풀코스 요리는 수금지화목토천해 여덟 가지
오늘은 보조 요리사가 없으므로
세 가지 메뉴만 만든다

주방 바깥은 태양계 너머의 일이므로 알지 못한다
버너의 불을 올리자 지구가 여름이 되었고,
자전과 공전이 시작되었다
행성들이 천천히 태양을 따라 돌기 시작했다

주방 끝에 있는 작은 컵은 명왕성이라 부른다
오늘의 후식은 명왕성이다
곧 메뉴판에서 사라질 것이므로 특별 후식으로 정한다
미지근한 커피에 달콤한 아이스크림을 넣는다
느끼한 위장을 씻어 줄 것이다

나는 행성 요리사가 되었으므로 이제 태양계를 요리할
수 있다
수없이 많은 은하계가 무한 천공으로 있으므로
태양계 밖의 요리는 많은 내공이 필요하다
태초에 우주를 만들어 낸 요리사는 정말 능력자다
나도 이제 태양계를 요리할 수 있으므로 조금은 능력
자다
우리는 채식주의자이므로 오늘은 초록의 지구만 먹기
로 한다

지구가 적당히 잘 버무려졌다
향기가 태양계 밖으로 퍼져 나갔다

허공 그림

허공이 스케치를 하고 있다
바람을 불러 그림을 그린다
철근이 서고 시멘트가 칠해진다
콘크리트가 두꺼워지고
쇠기둥의 뿌리가 하늘로 올라간다

철판 혹은 합판으로 공간을 포장하자
건물이라는 이름의 피조물이 그려진다
아무것도 없던 공간에 그림이 걸려 새들이
낯설어한다 날개를 접고
지붕 위를 뛰어다닌다
지상에 새로운 그림 하나가 걸렸다

그림 속 계단이 하늘로 올라가고 있다
저 계단은 천국의 계단이다
공간을 오르는 담대함이란
각진 피조물의 결과

그림판을 찢고 그림이 튀어나왔다

옆 건물이 무너지고 있다
포클레인이 그림을 지우고 있다
지우개로 지우듯 허공을 천천히 지우고 있다

백만 년 전 그림으로 돌아가고 있다

화살

화살이 나를 조준하고 있다
피하려고 도망갔더니
주렁주렁 화살이 나무에 열렸다
살을 관통하기 위해 촉을 세우고 있다

살의를 느낄 땐 바짝 엎드려야 한다
그렇게 살아온 날이다
영영 돌아오지 못하는 사람들이 있다
어디론가 사라지는 사람들이 있다

새의 깃털을 볼 때마다
촉이 떨린다

어쩌다 나무는 화살을 품었을까
제 살을 벼려 화살을 만들었을까
어떤 초식성 동물이 살을 뜯어 먹으려 했던 것일까

화살은 타깃을 향해 날아간다
튕겨 나가는 순간 대상을 향해 돌진한다
보이는 순간 그것과 하나가 된다

새의 깃털이 촉이 되었다
더 가볍게 날아가기 위해

밤마다 나는 화살 한 발을 하늘로 쐈다
하늘 천장에 박힌 촉이 밝게 빛난다

촉을 숨기고 살아가는 날이다
화살을 품고 살아가는 날이다
아직 쏘지 못한 화살 열두 발이 내게 있다

노래하는 사구(沙丘)

모래 알갱이들 날아가자
사르륵 소리가 난다
해안 가득 모래가 흩어진다

바람이 모래 입자를 들어 올려
서로의 몸에 상처를 내지 않으려고
소리를 만들어 낸다

알갱이가 날아가는 2센티
3센티미터의 공간
그 작은 허공에서 퍼져 나가는
아득한 소리

소리가 소리를 두드려서
입자가 입자를 두드려서

사구가 노래한다
사막의 울림통에서 튕겨져 올라
우우웅 소리를 낸다

지나는 바람이 흔적 없이 사라진다
인간을 삼키는 사구가 있다

사구의 오랜 법칙이다

먼지

먼지가 온다
둘 셋…… 이천네 개…… 구만 구천 개의 먼지가
밤마다 구두코에 걸터앉는다

먼지는 나무가 된다
먼지는 고양이가 된다
먼지는 별이 된다

먼지 구십억 개는 아버지가 된다
구십억 개 × 구십억 개는 산이 된다

쌓이는 곳마다
추억이 되어 풀풀 날린다

하늘에도 먼지가 반짝인다
누굴 찾는지 애절하다
깜빡깜빡
해독할 수 없는 모스 신호다

노란 먼지가 바람이 되어 윙윙거린다

바람 속에 구백구십억 개 먼지가 날아간다

먼지는 상상하는 대로 사물이 된다
먼지 하나가 지구가 되었고
먼지 하나 속에 내가 태어났다

먼지는 가면을 쓰고 자꾸 변신한다

이소(離巢)

최초의 비행은 바람을 만지면서 시작된다
낮은 곳엔 바람이 오지 않으므로 새들이 바위로 오른다
날개를 활짝 펴고 흔들어야 비로소 바람이 온다

생의 첫 바람을 만져 보는 근육 안쪽
팽팽한 긴장으로 살이 떨린다
아직은 바람이 연약하다
날개를 퍼득이면
비로소 바람의 근육이 선다

한 무리의 바람이 몸을 밀어 올려 주는 순간
날개는 바람을 품고 하늘과 평행이 된다
바람을 밟고 하늘에 오르면
허공은 모두 내 것이 된다

내가 원하는 곳 어디든 날개를 펼 수 있다
바람의 뼈를 놓치면 바닥으로 곤두박질친다
새는 바람의 주인이다

바람은 새를 모시려고 우우 운다

포토그라피

저 얼굴이 아니다
귀신의 그림자
애초에 세상에 없던 것

빛의 장난
가로등이 그린 그림
찍히지 않는 내면
영혼 없는 그림

누군가 나를 복사해 가도 표 나지 않는 서늘함
명암 뒤에 숨어 있는 기억
공간을 넘어 어디를 가도 나는 알 수 없는 것

내 얼굴에 모자를 씌우고 점을 찍어도 알 수 없는 것
구름이 영원히 떠 있고 강물이 마르지 않고 흐르는 것

누군가 영원히 죽어 있고 영원히 웃고 있는 것
세상을 내다보는 캄캄한 창

죽어서도 나를 내려다보고 있는 나

제2부

야크

　사천오백 미터 설산에는 거대한 검은 생물체가 살고 있다 한겨울 눈 속에 묻힌 풀뿌리를 캐 먹고 살아간다 야크는 얼음보다 차가운 이빨을 가졌다

　저렇게 아득한 곳에 터를 잡아 설신이 되었다 사람들이 쫓아가면 눈사태보다 빠르게 사라져 빙하 속으로 발자국만 남겨 놓는다

　뿔과 뒷발질에 범접하지 못한다 어느 해 흉년으로 사람들이 굶어 죽어 나가자 야크는 마을로 내려와 고기와 털과 뼈를 인간에게 허락하였다

　그때 함께 내려온 아기 야크 두 마리 봄이 되어 히말라야 계곡에 살다가 겨울이 되면 집으로 돌아왔다 몇 해 후수십 마리가 되었고 누군가 돌아가시거나 결혼식 때만 야크를 잡았다

　야크 피는 푸른색, 한 방울도 섬긴다 머리뼈는 집집마다 수호신이다 성소다 지금도 히말라야 설산 어딘가 인간의 마을로 내려오지 않는 반신반수의 블랙 야크가 있다

비닐 봉다리

사자(死者)가 쓰는 갓이었다가 시궁창에 처박힌 오물이었다가 향기 나는 과일 주머니였다가 멀미를 받아 주는 시큼한 대야였다가

장날이면 동네 어귀에서 바라보던 다리 건너면 단번에 보이던 봉다리

어떤 땐 검은색이었다가 어떤 땐 흰색이었다가

누군 저걸 뒤집어쓰고 죽었다 하고 누군 저걸 쓰고 비를 피했다고 하고 누군 모종을 심을 때 챙겨 간다고 하고

줄줄 새면 냄새나지만 하나 더 씌워 주면 감쪽같고

깊이를 알 수 없어 수만의 사람이 그 속으로 들어갔다 하고 수억의 검은 마음이 숨겨져 있다 하고 황금색 쇠붙이가 그 안으로 사라졌다 하고

평생 채우고 잠가도 사라지지 않는 허기

취한 날엔 개들이 입을 다시거나 고양이가 쫓아오곤
하였다

바람 속으로 비닐 봉다리가 날아오른다

맨홀

맨홀이다 울음이다 철창을 뚫고 야옹, 가늘고 연약해서 멀리까지 번졌다 누가 깊은 맨홀에 소리를 던져 버린 것일까

바닥을 치며 올라오는 흐느낌에 애절함이 묻어 있다 시멘트 벽을 긁어 대는 소리가 버벅거렸다 너무 많이 긁어 발톱이 다 닳아 버리면 어쩌나 발톱이 닳아 생살까지 닳아 버리면 어쩌나 생살이 닳아 피마저 말라 버리면 어쩌나

지문이 닳아 없어진 사람을 안다 철판을 들어 올려 맨손으로 문질러 윤을 내는 그 사람은 자신의 인생도 문질러 버렸다 슬픈 사람을 돌보느라 자신의 지문은 문드러져 버렸다

긁어 대고 매달리고 찢어 버리고 던지다가도 다시 그것들을 주워 담는 모습을 내려다본다 찢어져 바람에 날아가서 하늘 높이 사라지면 하느님은 소원을 들어줄까

이제 조금만 기다려라 야옹아 발톱이 다 닳았으니 누군가 맨홀 뚜껑을 열어젖힐 거란다

웃는 돼지

죽은 돼지의 입가를 가스 불로 살살 간질인다 부드러워
진 볼따구니 위쪽으로 당겨 준다 돼지가 웃는다 웃는 얼
굴은 맛이 좋다

도끼가 머리를 내리찍을 때 돼지들의 얼굴이 일그러진다
고통을 모르던 생이 고통을 알기 전에 웃게 만들어야 한다

웃는 돼지 만들기는 한 마리 천 원이다 잘 웃어야 복
이 온다 면도날로 살살 털을 밀고 물로 씻어 내면 깔끔하
게 웃는다

입속에 만 원을 물려 주면 웃는 복돼지, 마장동 족발거
리는 늘 돼지들로 붐빈다 가끔은 살아 있는 돼지도 있다

사람들은 웃는 돼지를 용케 알아본다 찡그린 사람이 웃
는 돼지의 웃음을 먹는다 통증을 아는 사람이 맨 처음 돼
지머리에 절을 했을 것이다

마장동을 지날 때마다 나는 절을 한다
통증이 조금 사라지는 것을 느낀다

어떤 기록

휠체어 위로 소금물이 떨어지고
허공의 눈동자
유리창 너머 겨울새가 날아간다
구름을 가로질러 날아간다
새처럼 살다 가는 것이 사람이라고
인간의 발목이 그래서 가는 것이라고
누군가 말했다

새벽녘엔 변기 물을 내렸다
설움이 역류했다
붉은 녹물이 떨어졌다
철과 산소가 만나면 산화된다
세상에 남기는 흔적이다

우린 아무것도 남기지 않는다
썩거나 허공으로 날아간다
갠지스강엔 매일 장작이 타오른다
가트의 철봉에 녹이 슬고 손으로 그것을 닦는
사람들이 매일 온다
타다 남은 뼈를 강물에 띄우며 뗏목이 떠내려간다

마음에 담아 두면 언젠간 말이 된다
풀이 자라나 무덤을 덮는다
땅은 이제 단단해졌다
잔디는 씨앗을 틔우고 유전자를 남긴다
골짜기에 풀이 자라 그 위로 뱀이 지나간다

코르크 왕국

차창 밖으로 코르크나무가 줄지어 서 있다
빨간 하초가 드러날 때까지 사람들이 껍질을 벗긴다
놀란 눈의 나무들 유리창 너머 나를 보고 있다

리스본의 골목길에 파두 가락이 뒹군다
길을 묻는 내게 소년이 이스쿠두를 보여 준다

분주히 오가는 사람들이 한때
세계를 주름잡던 포르투갈의 후손들이라니
지금은 코르크 마개를 만들며 생을 보내고 있다니

붉게 짓이겨진 상처도 언젠간 다시 아문다
새살이 돋고 딱지도 떨어져 나가겠지만
기억이 아물 때쯤 사람들이 다시 낫을 들고 올 것이다

이베리아반도에 해가 지고
닻을 내린 선원들이 왁자지껄 골목으로 들어선다

낯선 거리에 서서 나는
어디로 가야 할까 망설인다

작은 창이 있는 카페에서
이국적인 여인을 만날 상상을 한다

뒷골목의 게스트하우스에 들어선다
내일은 비가 그칠 것 같다

하늘 나무

나무 비늘이 깃을 세운다
이파리가 날개를 펄럭거린다
나이테가 회전을 시작했다
모터의 동력이 나무를 하늘로 밀어 올린다
하늘로 날아올랐다

아가미를 버리고 뭍으로 올라온 인간은
직립보행을 하였다
신이 되지 못해 땅에 버려진 족속들의 질투
폭력 살인
물을 박차며 날치가 날아오르고 돌고래가
튀어 오른다
하늘에 던져진 운판이 천 명의 목숨을 살린
척판암
교회 첨탑은 높아지고 불면의 밤을
지새우는 사람들이 많아진다

사람의 혼을 물어 하늘로 올려 주는 독수리가 있다
고산지대 마을의 이야기다
뼈를 물고 높이 날아오를수록 좋은 곳으로 돌아온다

나무는 하늘로 솟아오르고 사람은 하늘을 우러러본다
이파리에서 엽록소를 흡수하여 배터리를 활성화시킨다
전압이 높아진다

산보다 높이 하늘로 오르려는 종족은 셋
새와 인간과 나무
모두 발목이 가늘다

나무는 무럭무럭 자라고
인간의 키는 자꾸 커진다

계절 간

습한 기운이 날아오른다
지상을 어지럽히던 뱀의 혓바닥이 사그라들고 있다
뱀은 이제 어디로 가나
풀숲에 허물을 벗고 사라져 간다
귀뚜라미가 축복한다
날벌레들이 비행한다
가로등이 찬란하다
징그러웠던 여름의 기세가 하늘로 오르고 땅으로 내
려간다
나무의 성장판이 닫히고 풀들의 다리가 튼실해졌다
잎맥으로 부지런히 양분을 실어 날랐던 혈관이 딱딱
해진다
어깨가 무거워진다
하늘을 향해 오르던 가지 끝에 붉은 열매가 달렸다
흙이 푸석해진다
빗줄기는 바다로 가 버렸나
산의 정령이 풀과 나무와 땅의 기를 부른다
산 쪽으로 몸이 뒤틀려진다
한바탕 푸닥거리를 할 채비를 하고 있다
박수무당이 징을 메고 산을 오르고 있다

그 많던 매미 울음과 나방은 어디로 갔나
무덤은 어디인가
아직 남아 있는 뱀 한 마리 비늘을 밀며 간다
남은 매미가 자신의 죽음을 찬양하고 있다
바다로 난 오솔길로 누군가 걸어가고 있다

달의 계곡

이곳은 지구가 아니다
달의 눈물 소금만이 가득하다
부르튼 살이 소리를 내며 갈라진다
전갈의 독침이 태양을 찌른다
그늘 없는 마른 계곡
구멍을 파고 벌레가 집을 짓는다

먹구름이 땅을 덮는다 바람이
먼지를 몰아가자
붉은 빗줄기 쏟아져 내린다 땅 위로
상처의 흔적을 밀어 올린다

사람은 보여 줄 수 없는 상처를 안고
살아간다
짐승은 그것이 상처인지 모르고
다 보여 주며 살아가므로
인간처럼 밤을 지새우는 일이 없다

달의 뒷면 마른 계곡엔
아픈 흔적이 남아 있다

상처의 안쪽은 자신만이 볼 수 있다
달은 하얀 상처를 남긴다
달의 계곡엔 소금사막이 있다

곰들의 과자

아기 곰 두 마리가 과자를 먹고 있다
바삭바삭 잘 튀겨진 치킨을
뼈째 발라 먹고 있다

오븐에서 잘 구워 낸 바삭한 플라스틱 과자
우기적우기적 두 놈이 서로 먹으려고 다투다가
힘센 놈이 한입 베어 문다

빠지직 소리가 난다
어떤 고마운 인간이 이렇게 잘 구워 내었을까
어떻게 저런 맛있는 튀김을 북극까지 보낸 것일까

이빨 하나가 없는 어미 곰도 뭔가 먹고 있다
말랑말랑한 우레탄이다
노랗게 잘 익었다
배불리 먹고 튼튼한 겨울잠을 잘 것이다
겨우내 배고프지 않을 것이다
곰들의 잠은 싱싱할 것이다

북극에 백야가 오고 있다

오로라가 곰들의 머리 위에서 발광(發狂)하고 있다

닭

구십구만 구천 마리 닭들의 주둥아리가 묻혔다 일제히
포클레인의 거대한 손으로 덮어 버렸다
더 이상 닭 대가리는 구구구 떠들지 못한다
비닐봉지 속 CO_2 가스를 입에 물고 구천을 떠돌게 되었다
조류독감은 백삼십오 종
닭장에는 거미들이 일제히 집을 짓기 시작했다
닭의 영혼을 파먹고 저승이라는 투명한 그물을 짰다
오늘 밤에도 검은 그림자가 파닥댈 것이다

소주병을 입에 문 사람이 앰뷸런스에 실려 갔다
남아 있는 사람도 닭의 귀신이 쓸까 노심초사했다
닭 대가리가 묻힌 곳에서 메탄가스가 솟아올랐다
뇌까지 들어찬 가스는 다시 눈 밖으로 튀어나왔다

농장 주인의 처진 눈꺼풀이 닭벼슬을 닮아 있다
닭 소리가 밤새 들린다며 환청을 호소했다
닭의 주둥아리를 닮은 그의 입술이 가끔씩 씰룩거렸다
영농후계자인 그는 이제 공동묘지 관리인이 되었다

죽음을 실은 트럭들이 줄지어 산속으로 들어서고 있다

염소와 함께 잔 적이 있다

작은방 한편에 합판을 덧대고 볏짚을 깔았다
어미 염소와 아기 염소를 옮겼다
마른 풀을 먹이면 한약 같은 까만 똥을
누었다 합판 너머로 아기 염소의 젖 먹는
소리가 생생히 들렸다 음 메 에
자기 전 늘 어미를 불렀다

똥 냄새는 견딜 만했으나 지린내가 방 안에 진동했다
종종 오줌이 합판 벽을 적시며 내게 넘어왔다
나는 전생에 염소였을 거라 생각했다
아기 염소의 눈은 사람의 눈과 닮았다
자세히 보면 사람 얼굴이다

섬사람들은 염소를 잡으러 포수를 동원했다
섬에는 한동안 총소리가 요란했다

그 겨울 우리 식구와 염소는 한 가족이 되었다
밤엔 눈의 무게를 이기지 못한 대나무의 허리가
두두둑 꺾이는 소리가 들렸다
아기 염소는 겨우내 새록새록 잠만 잤다

북천면

보리밭 건너 면사무소 지나면 북천초등학교
담임 선생님은 고시 준비로 사표를 썼다
학교 앞 자전거빵 아저씨 매일 빵구 때웠다
서리하다 붙잡혀 가방 뺏기고 야단맞았다
면사무소 건너 다방은 성업 중
오토바이 몰고 머리카락 휘날리던 누나뻘 가시나가 둘

통발 놓고 새벽을 건져 보면 참게가 가득했다
그해 동갑내기 남이가 강에서 돌아오지 못했다
무서웠다
뒷동산엔 묘가 많았다
우리는 묏등 베고 누워 구름을 세었다
겨울방학엔 하루 두 지게씩 땔감을 하였다
뒤란엔 겨우내 써야 할 땔감으로 꽉 찼다

눈이 온 날 뒷산으로 몰려가 토끼몰이하였다
가슴이 콩닥거리던 잿빛 산토끼는 눈 쌓인 산에서 거
북이었다
싸이나 넣은 망개 열매 뿌려 놓으면
토끼와 꿩이 먹었다

중학생이 되었고 은숙이와 한 반이 되었다

친구들이랑 밤늦도록 카세트 틀어 놓고 놀곤 했다

목소리가 굵어졌고 코털이 자랐다

까만 교복에 모자를 쓰고 등교하였다

우리는 졸업반이 되어 진주로 하동으로 마산으로 순천

으로 흩어졌다

나는 진주기계공업고에 입학했다

토끼 눈엔 빨간 망개 열매가 열려 있었다

진주

철로엔 콜타르 냄새가 풍겼다
06시 10분 완행열차 타고 완사역 지나면
진주역
3년 내내 기차 통학하였다
역마다 열차가 섰고 다라이 인 어머니들이 타고 내렸다
화장실에서 담배 피우는 머스마들이 있었다
나는 출입구 손잡이 잡고 지나가는 풍경을 구경하였다
장면들이 영화처럼 지나갔다
칠암동 경상대학 지나면 다리 건너 진주기계공업고

실습 시간엔 밀링을 돌렸다
바이트를 연삭기에 갈면 칩이 날려서 보안경을 썼다
땡땡이치고 친구들과 막걸리를 마시곤 했다
호송이는 졸업 후 출가 통도사에서 행자가 되었다

개천예술제에 나가 입선하였고 설창수 선생님을 뵈었다
시(詩)보다
나라와 민족을 생각하는 사람이 돼라 하셨다
어려운 말이었다
촉석루 야바위꾼에게 용돈 털리고

밤새 남강 다리를 건너 친구 자취방까지 걸었다

상평 공단 성부공업사에 실습을 나갔다
경운기 부품 만들던 작은 회사
코를 풀면 까만 콧물이 나왔다
잔업하기 싫은 나는 반장에게 찍혀 오래 다니지 못했다

작은형과 큰형과 동생도 진주에서 학교 다녔다
고모는 중앙시장에서 과일 가게를 하였다
강남극장은 세 편 연속 상영하던 극장
성도식장 아들은 동기였다
종종 공짜 영화를 보곤 했다

군대를 갔고 제대 후 독서실에서 철도직 공무원을 준비
하였다
책상 칸칸마다 콜타르 냄새가 풍겼다

토영

아홉 살까지 살았던 통영
아버지 사업이 망해서 떠났던 통영
사창가 골목길 근처에 우리 집이 있었던 통영
골목길 누나들이 내게 눈깔사탕을 주곤 했던 통영
탱자나무 울타리가 많았던 통영
지금은 허물어져 공원이 된 통영
99계단이 아직 있는 통영
문 닫은 이문당 서점이 있는 통영
태풍이 오면 시내가 잠길 듯 무섭던 통영
박경리 생가랑 우리 집이랑 100미터밖에 안 되는 통영
아직도 촌티 나는 통영
동피랑이 서러운 통영
사량도와 욕지도를 가려면 들러야 하는 통영
통영이 어디인지 아직 모르는 사람들이 있는 통영
통영 사람들은 토영이라 부르는 통영

투줄라마

천으로 싼 육신이 몇 개 도착한다
몸의 집이 되어 준 옷과 신발
가지런히 정돈되어 있다

야크 배설물에 불을 붙여 신조(信條)라 부른다
지상으로 내려오시라는 손짓이다
칼 도끼 망치가 포대 옆에 자리한다

주술을 외우는 라마의 입술이 부풀어 오른다
누구도 울지 않는다
도끼가 허공을 가르자 꽃잎이 사방으로 흩날린다
잘린 꽃대궁이 하늘에서 떨어진다

까만 독수리 떼가 내려앉는다
야크의 뿔은 삼 년이 지나면 칼이 된다
천장터는 한 번은 가야 하는 곳
새를 따라 날아올라야 하는 곳

사내의 손이 망자의 등에 기호를 긋는다
머리카락이 날리고, 칼의 길을 따라 노을이 흐른다

독수리가 마지막을 집행하자 뼈만 뒹군다
비린 냄새를 물고
독수리가 높이 날아오른다
낮은 하늘이 그들에겐 지붕이므로 설산으로 돌아간다

지상의 집은 내 집이 아니다
타루초는 바람이 없어도 나부낀다

●투줄라마: 천장사(天葬師)의 티베트어.

제3부

아프리카 1

아프리카에서 영장류가 출현했다
그곳에는 흑인들이 산다
탄탄한 근육이 얼룩말을 닮았다

잠비아 축구 선수들이 비행기에서 내리지 못했다
소말리아는 왜 해적이 바다를 지킬까
에이즈는 왜 지구에서 퇴치되지 않는 걸까
신생아들이 감염된 채 태어난다

인간이 원숭이를 흉내 낸다
세렝게티 초원에 하이에나가 달린다
악어들이 입을 벌린 채 일광욕을 즐긴다
기린이 껑충 큰 키로 초원을 내려다본다
세 달 동안 비가 내리지 않았고 땅 위로 전갈이 기어
간다
총을 멘 민병대가 허공을 향해 방아쇠를 당긴다

일 달러면 아이를 살릴 수 있다고
광고는 말한다 서쪽 하늘이 붉게 타오른다
건조한 바람이 벌판을 쓸고 간다

아프리카 2

아프리카 초원에 동물들이 전력 질주한다
사자가 얼룩말을 추격하고
아이들이 맨발로 뛴다
가느다란 다리가 기린을 닮았다
기린은 긴 다리로 사자의 턱을 으스러뜨린다
사자의 몸이 허공으로 날아올랐다가 떨어진다

수만 마리 누우 떼가 언덕을 뛰어내려 간다
앞발이 꺾이고 강바닥에 처박히고 앞의 놈이
앞의 놈을 밟고 지나간다
악어가 매복해서 아가리를 벌리고 있다
독수리가 죽음의 냄새를 맡고 하늘 위에 떠 있다

새끼 누우 한 마리
엄마를 찾아 들판을 달린다
초록의 잡풀이 세렝게티 들판을 덮어 버린다
블랙맘바 한 마리가 발을 스치며 빠르게 사라진다
버펄로 발굽 소리가 지축을 울린다

건기의 아프리카, 아이 하나

절룩이며 강으로 가고 있다
때 묻은 물통 하나 아이를 따라가고 있다

아프리카 3

암사자 한 마리 누우 떼에게 달려간다
무리는 흩어지고 누우 떼가 도망간다
사자의 이빨이 누우의 목을 겨누는 순간
성난 뿔이 햇빛을 받아 빛난다

수컷 누우가 자신의 뿔을 인식하자
사자의 목이 하늘로 들려 올려진다
뿔이 더욱 날카로워졌다
뿔이 뿔났다

무리는 언덕 위로 도망가 버렸고
혼자 남았다는 것을 안 누우가
사자를 들이받기 시작했다
사자는 뒷걸음질 치다 황당한 표정이다

먹이에게 들이받히는 저 난감함이란
누구든 저런 적 있다
먹이가 아니라
목을 옥죄는 칼이 되는 저 수모

사자가 겁을 먹고 도망치기 시작한다
수컷 누우가 사자의 뒤꽁지를 들이받는다
뿔이 하늘을 들이받는다

아프리카 4

백만 한 마리 초식동물이 초지를 찾아 달립니다
백만 한 마리 발자국 소리가 세렝게티를 울립니다
백만 한 마리 사백만 네 개 발이
아프리카 대륙을 두드립니다
두두두 다다다
지구를 두드리면 북소리가 됩니다
백만 한 마리 속에 새끼들이 있습니다
백만 한 마리 속에 태아가 있습니다
백만 한 개의 입이 일제히 풀을 뜯습니다
백만 한 마리 초식동물이 일억 두 개의 먼지를 만들어
냅니다
백만 한 마리 초식동물이 이만 세 마리 하이에나를 먹
여 살립니다
백만 한 마리 초식동물이 오천 네 마리 사자를 먹여 살
립니다
백만 한 마리 동물 속에 이천 다섯 마리 기린이 있습니다
백만 한 마리 초식동물이 또 어디론가 달려갑니다

칠십사억 이천이백삼십일만 육천오백 명이 살아가는 곳
이 있습니다

74

아프리카 5

떠나야 할 때를 안다 초식동물은
누우 한 마리가 앞장서자 수백만 마리 동물이 뒤따라
간다
얼룩말이 간다
영양이 간다
기린이 간다
벌레도 간다
사자도 간다
도마뱀도 간다
파리도 간다
꼬리를 흔들며 간다
뱀도 간다
지렁이도 간다
말똥구리도 간다
구백구십구만 마리가 간다
풀도 따라간다

아프리카 6

치타가 누우 새끼 한 마리를 잡았다
하이에나가 약탈해 갔다
배를 채우던 하이에나가 사자에게 빼앗겼다

하이에나가 물러서지 않았다
들개들이 컹컹 짖으며 떼로 몰려들었다
자칼이 하나둘 모였다

독수리가 날개를 퍼덕이며 내려앉았다
까마귀가 까악거리며 몰려들었다
하이에나 무리가 배로 늘었다
사자가 다시 물러났다

먹이의 뼈까지 먹어 치웠다

독수리가 뼛조각을 훔쳐 먹었다
떨어진 살 몇 점을 까마귀가 채 갔다
코요테가 눈치를 보며 쭈뼛거렸다

초원 위에 어떤 냄새조차 남지 않았다

초식동물의 발자국이 그 위를 지나갔다

아프리카 7

천적은 어디서든 튀어나온다
숲속에서 재규어가 강 속에서 카이만이 늪에서
아나콘다가 목숨을 담보로 한다

카피바라가 도망갈 준비를 한다
본능만이 무기다
겁 많은 어미만이 새끼를 지킬 수 있다
백 퍼센트의 운이란 없다
십구 퍼센트의 새끼만 세대를 이어 간다
카피바라는 그렇게 유전자를 전한다

무럭무럭 자란다

카피바라는 수초로 살아간다
카피바라는 겁으로 무장했다
카피바라의 안전지대는 없다

꽁무니를 빼고 본다
긴 앞니는 무기가 아니다 식사용이다
큰 눈망울이 소를 닮았다

아프리카 8

포유류의 뼈까지 씹어 먹는 포유류가 있다
포유류의 털까지 먹어 치우는 포유류가 있다
포유류의 썩은 사체까지 먹어 치우는 포유류가 있다
태어나자마자 동생을 물어 죽이는 포유류가 있다

포유류를 산 채로 먹는 포유류가 있다
살아 있는 포유류의 내장을 파먹는 포유류가 있다
집단으로 사냥하고 사자를 이기는 포유류가 있다
사자의 먹이를 뺏어 먹는 포유류가 있다

사자에게 물려 죽는 포유류가 있다
들개보다 크고 사자보다 작은 포유류
울음소리가 특이한 포유류가 있다
울음소리를 듣고 울음소리를 내는 포유류가 있다
울음소리를 듣고 달려오는 포유류가 있다
무엇이든 먹어 치우는 포유류가 있다

점박이 무늬를 가진 포유류다
아프리카를 상징하는 포유류다

아프리카 9

누우가 새끼를 낳았다

오 분 후에 일어섰다
오 분 후에 달렸다

달려야 한다
달려야 한다

치타가 뒤에 있다
사자가 앞에 있다
하이에나가 옆에 있다

달리지 않으면 먹힌다

태어나자마자
다섯 마리가 잡아먹혔다

한 마리는 아직 달리고 있다

아프리카 10

동족의 눈알을 파내 버리는 족속들이 있다
짝짓기 철에 일어나는 일이다

수컷 펭귄 집으로 암컷이 들어오고
지나가던 다른 수컷이 기웃대다가
목숨을 건 결투가 시작된다

밀어내고 쪼아 대다가
상대방의 눈알을 파 버리려고
부리를 들이댄다

밀리는 놈은 눈깔을 내놔야 한다
저놈의 눈을 쪼아 버려야 짝짓기할 수 있다

한쪽 눈알을 잃어버린 수컷이 물러나고
싸움은 끝이 난다

빠져 버린 눈알이 모래 위로 또르르 굴러간다
옆에 있던 어떤 놈이 냉큼 쪼아 먹어 버린다

아프리카 11

들소의 똥 덩이가 쏟아졌다
수백 마리 쇠똥구리가 나타났다
식지 않은 똥은 신선하다

덩어리를 뭉쳐 둥글게 만들기 시작한다
먼저 굴려 가는 놈이 임자다

지 몸의 오십 배 크기도 거뜬하다
커다란 한 무더기의 덩이는 순식간에 해체되고
똥 범벅이 된 말똥구리 녀석들이 그것을 밀고 가기 시작
한다

뒷발로 밀고 가야 빨리 갈 수 있다
똥 덩어리는 뒷발로 차야 한다
돌멩이에 부딪히고 구렁텅이에 빠지기도 한다

늦게 나타난 놈들이 달려들어 뺏어 가려고 한다
풀 향기 나는 잘 숙성된 똥을 뺏길 순 없다
오늘 밤 여기에 암컷과 더불어 유전자를 남길 것이다

똥 덩이는 인큐베이터다

밥이다

어떤 놈이든 덤비면 뒷다리로 던져 버릴 것이다

똥 무더기가 없어졌다

향기조차 남지 않았다

덩어리를 굴려 가는 쇠똥구리가 희미하게 사라지고 있다

아프리카 12

칼라하리사막에 타조 새끼가 산다
사막 위를 걸어 물을 찾아가고 있다

아프리카 동물이 다 모였다
코끼리 들소 누우 영양 얼룩말 새
물을 마시느라 엉망진창이다
타조 새끼가 끼일 틈이 없다
밟히면 죽음이다

사자가 나타났다

새가 날아올랐다
영양이 달아났다
얼룩말이 달아났다
들소가 달아났다
누우 떼가 달아났다
기린이 달아났다
코끼리가 달아났다

초식동물이 일제히 달아났다

사자는 식사를 하려고 나타났다
그 틈을 타 타조 새끼가

물을 먹기 시작했다
너무 작아 누구의 눈에도 띄지 않았다

아프리카 13

세렝게티에선 속도가 속도를 이깁니다

근육이 근육을 이깁니다

무리가 근육을 이깁니다

무리가 무리를 이깁니다

수컷이 수컷을 이깁니다

비가 사자를 이깁니다

풀이 풀을 이깁니다

아프리카 14

　가나, 가봉, 감비아, 기니, 기니비사우, 나미비아, 나이지리아, 남수단, 남아프리카공화국, 니제르, 라이베리아, 레소토, 르완다, 리비아, 마다가스카르, 말라위, 말리, 모로코, 코모로, 모리셔스, 모리타니, 모잠비크, 베냉, 보츠와나, 부룬디, 부르키나파소, 상투메 프린시페, 세네갈, 세이셸, 소말리아, 수단, 스와질란드, 시에라리온, 알제리, 앙골라, 에리트레아, 에티오피아, 우간다, 이집트, 잠비아, 적도, 기니, 중앙아프리카공화국, 지부티, 짐바브웨, 차드, 카메룬, 카보베르데, 케냐, 코트디부아르, 콩고공화국, 콩고민주공화국, 탄자니아, 토고, 튀니지,

제4부

Conveyor

삼백육십오일돈다컨베이어타고볼트가돌고공구가돌아온다공정이저만큼돌아온다컨베이어돈다이십팔년전컨베이어아직돌고있다아이들학교를돌아서온컨베이어고향의무덤을돌아서온다시내버스돌아오고기차가돌아온다컨베이어가군대갔다가아들을태워서돌아온다세상은내가없어도돌아간다컨베이어돌아간다나는서있는데컨베이어만돈다컨베이어는서있는데나만돈다세상이돌아간다세상은서있는데사람들이돈다나는서있고사람들이분주히움직이는거리의컨베이어가돌아간다사람들이돌아온다컨베이어돌면세상도자전한다거리엔타이어가컨베이어를타고돌고있다

바다와구름이컨베이어를타고돌아오고달이컨베이어를타고지구를돌아서오고있다아버지가봉분을타고돌아오고별들이유성우를타고돌아온다지구가컨베이어를타고돌고있다

box 1

온다
사과 box 감자 box 상추 box 라면 box
하루 8시간 내리고 쌓는 것이 나의 업무
네모난 box
둥근 box는 왜 없는 거지
box 51개를 옮기고 생각에 잠긴다

유빙같이 차갑고 날카로운 box
입이 없는 box
사방이 절벽인 box
손으로 들어야 하는 box
허리에 힘을 주고
어이쨔
진열대에 올리고 또
올리고

근육이 box를 받쳐 들어 올리면
관절이 box를 받아서 놓는다
인간미가 필요 없는 box

트럭에서 하치되는 box
매일매일 내 앞에 쌓이는 box
지금 box도 나 같은 box쟁이가 놓고 갔을 것
그도 지금쯤 담배 한 대 꼬나물고 있을 것

각진 box
곡선의 유연함이 없다
거리엔 사각형 box가 달리고
나는 지친 몸을 이끌고 사각형
box에서 이불을 덮고 잠을 잔다

아침에 일어나 거울을 보면 얼굴이 자꾸
사각형을 닮아 간다

box 2

오늘 하루도 box로 살았다
사각 아파트에서 일어나
둥근 프라이팬에 원형의 계란 프라이를 구워서 먹었다
다행이다
먹는 것이 둥글어서
밥도 고봉으로 폈다

각진 지하철을 타고 각진 버스를 타고
사각의 컨테이너를 만드는 것이 나의 하루
나는 사각형을 만들어 밥벌이를 한다

내가 메모하는 모나미 볼펜도 각진 물건이다
내가 살아가는 자본주의 세상도 사각형이다
어디를 둘러봐도 벽이다
작업장도 휴게실도 화장실도

누군가를 찍어 낼 땐
사각 밥상이 제격이다
그냥 모서리에 앉히기만 하면 된다

box가 끝없이 밀려온다
오늘의 작업량은 주야 30개
자본의 생산물이 줄줄이 배달된다

사각의 도시락을 연다
배달된 box를 연다
사각의 책이 두 권 들어 있다
정신을 지배하는 것은 사각형이다
책을 읽는 현대인은 사각형의 부산물이다

오늘도 컨테이너를 만든다
용접 토치에 불을 붙인다

공구들 1

공구라는 이름의 사물이 있다
몽키스패너파이프렌치와이어스트리퍼
볼트를 조이거나 풀거나
파이프를 풀거나 조이거나
전선 피복을 벗기거나 자르거나

인간이라는 고등동물이 있다
정연홍홍연정연홍정홍정연
가족을 꾸려 지구에서 살아간다

공장에서 대량생산하는 공구
지구에서 대량생산되는 인간
들은 목적이 같거나 다르거나

아마존 원주민에겐 그들의 방식이 있다
숲이 있어 그들은 일부가 되어 살아간다

아침이면 대로엔 차들이 빵빵거리고
철로의 지하철이 철컥거린다
색색의 사람들이 종종거리며 간다

빌딩으로 거리로

일찍 세상을 버리는 사람이 있다
망가져 못 쓰게 되는 공구는 폐기되어
고물상으로 팔려 간다
무덤에 묻히는 인간도 곧 잊힌다

새로운 공구가 만들어지고
백 년 전의 인간들이 다시 태어난다
티베트에는 환생자의 물건을 찾는 행위가 아직 있다

공구들 2

파이프렌치를 샀다
수도꼭지를 비틀어서 풀기 위해

내일은 보일러 배관을 깔아야 한다
지그재그로 깔다 보면 구들목의 뜨끈한 꿈이 생각난다
엘보와 유니온과 패킹과 테프론과 공구통을 챙긴다

공구를 잡으면 새로운 하루가 시작되고
무언가를 만드는 순간 나는 사람이다
원숭이도 도구를 쓰지만
본능을 해결하기 위한 것

내가 공구를 쥐는 순간 타이머가 작동하고
인간의 마을에서 일원이 된다
작업을 내려놓으면 본능으로 돌아갈 수 있다

공구는 육체의 지배자
내가 그의 말을 들어주었을 때 그는 내게로 와서
사물이 되었다

몽키를 잡으면 풀거나 조일 수 있고
드릴을 잡으면 뚫어 버릴 수 있다
나는 제작(製作)을 통해 능력자가 될 수 있고 위대한 창
조자가 된다
무언가를 만든다는 건 인간이기 때문

일만 년 전에도 그런 사람이 있었다
나스카 라인의 기하학적 무늬는 아직 풀지 못한 수수
께끼이다

공구들이 작업 준비를 하고 있다
작업장에는 고요한 긴장이 흐른다
내일도 누군가 장갑을 끼고 문을 열고 들어올 것이다

자전과 공정

시간당 14.999도 동쪽으로 돌아간다
달이 지면 자전은 완성된다
지구는 359.999999999도 돌아야 하는 슬픈 운명을
가졌다

나의 자전은 24시간
컨베이어를 타고 하루를 돌리면
여덟 시간이 돌아간다

공전은 하루 1도
봄에서 출발하여 겨울이 되어야 완성된다
행성이 도는 것이기도 하지만
태양이 중력으로 당기기 때문에
지구는 태양의 위성이고
우리는 지구의 위성이다

나의 일주일은
주야 2교대
공전을 하므로 나는 공정으로 존재한다
나의 공정으로 가족들이 자전한다

밤새워 일하고 다음 날
잘 수 있으므로 공전은 나의 공적이다
마누라는 오늘도 부지런히 화장을 하고, 아이들은 자라
화성으로 수성으로 떠난다

지구의 컨베이어는 너무 거대해서
대기권에서만 볼 수 있다
시간당 1,669㎞로 돌아간다

생산량은 각자의 몫이다
열심히 볼트를 조이는 지구인들

해머의 리듬

해머의 리듬은 탄력에 있다
바람을 가르는 소리 바람을 뚫고 나올 때
사람들이 뒤로 물러난다

자루가 부러져
네 머리 위로 떨어지면 세상은 네 것이 아니다

해머는 그냥 내려치는 것이 아니다
오기로 뭉쳐진 덩어리에겐 리듬이 있다

해머질하는 사람을 보라
그가 단번에 세상을 향해 해머질을 하는지
가볍게 톡톡 잽을 던져 선전포고를 하는지

리듬을 탄 근육이 부풀어 오른
사내가
두 번 세 번 탄력을 뭉쳐
세상을 향해 냅다 해머를 칠 때
비로소 명중이 된다
타깃이 정중동(靜中動)으로 박힌다

해머의 리듬이 그 비결이다

톱의 자세

상어 이빨보다 날카롭고
가지런한
톱이 날을 세우고 있다
손가락을 대면 상어가 물 것 같다

파랗게 날 선
날 위에 내 얼굴이 비친다
톱을 들자 상어가 헤엄친다
무엇이든 물어뜯어 버리려는 저 자세가 좋다

쇠를 토막 내 버리는 쇠톱은
밀어낼 때 이야기를 한다
당길 때 힘을 주면
그것은 헛힘이다

상어의 이빨이 안쪽으로 자리하고 있어
콱 물면 빠져나올 수 없다
쇠톱은 밀어낼 때 잘리도록 자세를 잡고 있다

나무톱의 이빨은 반대이다

당길 때 나무가 스러진다
그것이 톱의 겸손이다

나는 오늘도 톱을 들고
쇠를 물어뜯는다
나무를 물어뜯는다
각각의 방향으로 밀어낼 때와
당길 때를 알고 있다

그것이 나의 처신법이다

푸드 트럭

트럭이 왔다
부엌을 싣는다
LPG 가스통 3개를 올린다
불을 만들어 줄 가스레인지를 설치한다

정지간을 싣고 트럭이 달린다
농기계를 싣던 트럭이
이삿짐을 싣던 트럭이

트럭이 달린다
고속도로에서 해수욕장에서 정지간을 차린다
가스 불을 켜 밥을 볶고 계란을 부친다

라면과 우동과 오므라이스와 볶음밥
종이 그릇에 플라스틱 숟가락으로 퍼먹는 밥
서서 허겁지겁 먹는 밥

위장에서 에너지로 변환되어
팔다리로 머리로 피부로 번져 나가는 밥

한 그릇 비우고 거리로 흩어지는 사람들
뿔뿔이 각자의 자리를 찾아가는 사람들
한 끼 잘 때웠다고 잘 먹었다고 말하며
간다

밥을 먹은 사람들이 트럭처럼 달려간다

공장 지대

방직기가 돌아간다
단발머리 여상고생이 기계 사이를 뛰며 실을 묶는다
이마 위 흰 목화 보풀이 풀풀 날린다

눈처럼 하얀 가시나들 머리에도 실밥이 눈발처럼 쌓
인다
하얀 밤이다

낮엔 학교, 저녁엔 공장
눈처럼 하얀 와이셔츠를 입은 컨베이어가 두둘둘 밀
려온다
와이셔츠 입은 머시마라면 얼마나 좋을까

졸고 있는 가시나의 머리를 살짝 쳐 주며
우리는 그렇게 삼 년을 보냈다
졸업한 언니들은 조장이 되거나 사회로
떠나갔다 공장이 싫다고 경리가 된
선배가 있고, 야간대학 진학하여
다시 공장에 다니는 언니도 있었다

그 많던 와이셔츠는 누가 입는 걸까

종업 종이 울린다
눈발들이 공장을 빠져나간다
깔깔거리며 반장을 흉본다
달의 얼굴이 노랗게 상기되었다
구름이 걷혔다
방직기도 조용하다

손오봉

작은 봉 하나가 들판을 가로질러
갈라진 산맥으로 내려앉는다
천둥이 치고 봉의 끝이 불타오른다
틈 사이로 불꽃이 지지직거린다
놀랍게도 대지가 봉합되어 버린다
꿰맨 자국이 선명히 솟아오른다

연기가 피어오르고 사람들이 콜록거린다
대륙과 대륙을 이어 붙이는 저 힘
모든 탄생과 소멸은 불에서 시작된다

지구의 심장에 육천 도의 마그마가 끓고 있어
아름다운 행성이 되었고
오늘 밤 누군가는 불로써 새 생명을 잉태하고
누군가는 한 줌의 재로 돌아간다

저건 손오공의 봉보다 더 현란하다
연기를 피워 올리는
날씬한 몸매를 가진 저것을 우리는
용접봉이라 부른다 나는

손오봉이라 부르고 싶다

사소한 하루

새들이 날아올랐다
공원의 적막이 깨지고 공기가 팽팽하게 당겨졌다
붉은 머리띠가 흔들렸다
카메라가 그 광경을 찍기 시작했다
기계는 정확히 ON 혹은 OFF
어떤 풍경도 왜곡하지 않는다
순간이 영원히 기록된다
어떤 힘들이 그것을 왜곡할 뿐이다

버스가 뒤집혔다
최루탄이 발포되었다
카메라가 흔들렸다
직선으로 날아오르는 잠시의 순간
밀고 당기는 모습이 영상이 되었다
풍경이 눈동자에서 지워졌다

사람들이 흩어지고 다시 모여들었다
초승달이 떴다
찌그러진 저 달도 때가 되면 뜬다
새들은 더 이상 날아오르지 않는다

곡선이 없는 도시의 저녁에 직선의
어둠이 몰려온다
공원 밑으로 지하철 지나가는 소리가 철컥거렸다

Sky

1

그녀는
파란 하늘에 오르고 싶었다
구름이 웃고 있었다
올려다보던 하늘이 낮아지기 시작했다
먹구름 낀 날들이 맑아졌다

2

하늘을 붙잡아 두고 싶었다
파란 하늘을

하늘에 올라야 했다

사다리가 필요했다
서른다섯 노처녀
하늘로 오르는 사다리를 장만한 날

3

비가 와도 하늘 사다리는 출근한다
가족의 무게가 온전히 담긴 하늘 사다리가
하늘로 날아오른다

새들보다 빨리
구름보다 편하게 실어 올린다

하늘 높이 오르고 싶은 이들이
날마다 어디론가 떠나갔다
그녀는 그들의 꿈을 하늘로 실어 올린다

애자

그해 겨울 방학 내내 나는 애자를 만드는 공장에 다녔다

야근을 마치고 골목길로 들어서면 술 취한 사내를 껴안고 돌아보던 몸 팔던 여자

뽀뿌라마치라 불리던 공창이 한 골목 건너에 있었다

마악 군대를 갔다 왔고 고무신을 거꾸로 신은 애자를 잊으려고 공장과 자취방만 왔다 갔다 하였다

흙으로 빚은 애자를 불로 굽기 전 칼로 살살 문질러 주는 일이 나의 일과였다

추억은 시간이 흐를수록 반질반질하였다

발전기 소리가 요란했던 원료 배합실에서 종종 고함을 질렀다

불에 구워져 나오는 애자는 꼭 그녀의 피부처럼 반짝거렸다

군중 속의 고독

밀기 시작했다 밀리지 않기 위해 방패를 잡고 함께 밀기 시작했다 밀리는 싸움에 누군가는 끌려가고 옷이 뜯겼다 줄당기기였다 뒷사람이 앞사람을 밀고 밀다가 서로에게 딸려 가기 시작했다 뒤에서는 밀고 앞에서는 붙잡고 늘어졌다 밀다가 딸려 와서 왕따가 되었다 내가 저놈을 밟아 버리지 않으면 살아남을 수 없는 세상 어어 씨팔 여기저기서 욕설이 튀어나오고 눈알이 딸려 나왔다 동공이 커졌다가 작아지고 살갗이 열렸다가 닫혔다 개새들아 누군가의 한마디 욕설이 물꼬가 되어 여기저기서 쌍욕이 오갔다 각목으로 방패를 내려치기 시작했다 방패가 사람을 내려찍기 시작했다 야이 새들아 사람 죽는다 비명 소리가 터져 나오고 밀고 당기기 싸움은 때리기 싸움이 되었다 누가 먼저 내리쳤는지는 알 수 없었다 사람들이 아스팔트 위에 넘어지고 피를 흘렸다 넘어지고 쓰러져야만 끝나는 싸움이었다 전열을 가다듬었고 뒤쪽 사람들이 앞쪽으로 배치되었다 담배를 건넸고 다시 라이터 불을 받았다 연기인지 한숨인지 알 수 없는 입 냄새가 허공에 퍼졌다

착시의 세계와 부정의 사유

이병국(시인·문학평론가)

시는 부정의 방식으로 세계를 재현한다는 말을 자주 듣는다. 이는 시의 형태적 층위에서 고찰되어야 하는 부분일 테지만 근본적인 이유를 따져 보자면 세계의 부정의함 때문일 수밖에 없겠다. 시가 재현하는 부정이란 세계의 부정의함을 환기시켜 궁극적으로 은폐된 존재들과 마주하게 함으로써 타자와 주체의 관계를 다시 사유하도록 이끄는 테제이다. 이미 알고 있으면서도 간과하고 지나쳐 버린 것들을 슬쩍 눈앞에 현시하여 멈춰 생각하게끔 만드는 일이 시의 가장 중요한 출발점인 셈이다.

사르트르가 『문학이란 무엇인가』에서 시란 목적에 열중해 있는 사람들의 태도를 역전시키는 것이라고 했듯이 우리는 시가 재현하는 부정을 통해 익숙한 방식으로 살아가던 삶의 접촉면을 다시 생각하게 된다. 실용적 사고에 의해 자동화된 삶을 의심하고 거꾸로 사유하게끔 만들어 잠재적인 것의 가능성, 이를테면 "평생 채우고 잠가도 사라지지 않는 허기"(「비닐 봉다리」)를 생산적인 에너지로 전유할 수 있는 가능성을 마련할 수 있게 되는 것이다. 물론 그 가능성이란 것을 무엇으로 채우든 그것은 곧 비워질 것이라는 점은 염두에 두어야 한다. 우리는 삶의 다양한 양태만큼이나 저마다 다른 욕망과 접합할 수밖에 없으며 언제나 결핍된 상태로만 자신을 증거할 뿐이라서 가벼운 바람에도 날아오를 '비닐 봉다리'로서 존재하는 삶의 부력을 실감할 수밖에 없을 테니 말이다.

정연홍 시인이 의뭉스럽게 눙치는 시적 사유 역시 마찬가지이다. 삶 속에 깊이 박혀 있어 은연중 무뎌진 감각을 일깨워 주려는 듯이 시인은 당연한 것으로 여기고 있는 것들을 다시 응시하도록 한다. 낯익은 세계가 실상은 그 익숙함으로 폭력을 은폐하고 있음을 그의 시가 폭로하고 있다고 해야 할까. 정연홍 시인은 이른바 착시가 가져오는 왜곡을 밝혀 우리로 하여금 세계가 강요하는 무심함으로부터 날아오를 계기를 마련한다. 이때 실감하게 되는 부력은 생각보다 가볍지 않다. 우리의 인식은 감각에 의해 지배를 받는데 그 순간 작용하는 감각 규범은 사회적 규정에 종속되어 있다고 볼 수 있기 때문이다. 어떤 감각이 실재하는 감각이며 그것이 세계 속에서 어떠한 방식으로 연결되어 있는지를 사유할 체계가 매끄럽게 작동한다고 말하기는 어렵다. 오히려 끊임없이 미끄러지는 사유 체계는 감각을 왜곡하여 인식의 명확한 목표를 흐트러뜨린다. 물론 아렌트가 말했다시피 목표가 달성되면 끝나는 인식과는 달리 사유는 목적도 없고 자기 외부의 목표도 없으며 심지어 결과를 산출하지도 않기 때문에 미끄러짐으로써 고착되지 않아 세계의 강요로부터 능동적 저항을 야기할 수 있다. 다시 말해 사유의 능동성이 갖는 불확정적인 모습은 감각의 왜곡(이때의 왜곡은 부정적 결과라기보다는 일종의 수사적 방법론에 가깝다)을 거쳐 논리적 추론으로 전락할 인식을 다른 가능성으로 이끄는 실천적 수행이라 할 수 있겠다.

우린 발바닥을 믿는 족속들

이번 시집에서 정연홍 시인의 시적 사유는 수사적 연쇄를 기반으로 익숙한 삶이 은폐하고 있는 지점을 밝힌다. 이는 밀고 당기는 대결의 긴장감을 형성한다. 전선을 지탱하고 절연하기 위한 도구인 '애자(礙子)'와 그런 애자를 만드는 사내를 돌아보던 "뽀뿌라마치라 불리던 공창"의 '여자'와 "고무신을 거꾸로 신은" '애자(愛子)'의 언어유희적 연쇄를 통해 삶의 고단함과 이를 지탱해 주던 존재의 부재가 불러오는 낭만화된 추억이 환유적 연결을 거쳐 역설적으로 주체로 하여금 아무런 의미도 구현할 수 없는 인식을 상기시키는 것처럼 말이다(「애자」). 이때의 '나'는 세계 속에서 자동화된 상태로 시간을 매만질 뿐 어떠한 사유도 이끌지 못하는 존재가 된다. 반성적 사고를 결여하여 '착시의 착취'를 알아채지 못하는 도구화된 주체의 작동 방식이라 할 수 있다.

저 눈깔사탕은 어느 공장에서 만든 것일까

어떤 여공이 자기의 눈동자처럼 초롱초롱한 걸 만들어
낸 것일까

혀를 대면 녹아내릴 것 같다

누군가에겐 달콤하고 누군가에겐 쓰디쓴 알약

설탕 덩어리를

누가 저기에 걸어 놓은 것일까

막대기는 어디로 달아나 버린 걸까

$C_{12}H_{22}O_{11}$

포도당과 과당이 결합되어 설탕이 된다

공장에서는 오늘도 눈엿(雪糖)이 만들어진다

세상이 설탕으로 가득하다

달달하다

사탕을 먹으며 사람들이 깔깔거린다

오감이 살짝 마비되는 마약

눈보라가 휘청거리는 밤거리, 오늘 밤

하늘에서 설탕 가루가 쏟아져 내린다

　　　　　　　　　　　　　　　—「달의 착시」 전문

　'달의 착시'란 달이 지평선에 가까이 있을 때 크게 보이
는 현상을 말한다. 이는 관찰자의 몸에 대한 방향감각에서

비롯된 것으로 신체의 앞 방향에 있는 것이 올려다보는 방향에 있는 것에 비해 크게 보이는 착시 현상이다. 「달의 착시」가 형상화하고 있는, 감각이 "살짝 마비"되는 착시는 달콤함으로 은폐된 고통스러운 현실을 외면하게 한다. '눈깔사탕'은 여공의 '눈동자'를 전유하여 그녀의 쓰디쓴 삶을 은폐하고 달콤함으로만 감각된다. 화려하게 치장된 '마약'인 환상에 매혹된 우리는 이러한 착시에 현혹되어 이면에 존재하는 부당하고 부조리한 현실을 눈감는 데 동참한다. 이는 공장에서 만들어지는 '눈엿'으로 환유되어 낭만화된 채 "휘청거리는 밤거리"로 이어진다. 달달함이 야기하는 착시는 왜곡된 인식을 불러와 스스로를 착취하게 한다. 주체는 봐야 할 것은 보지 못한 채 당장의 이익만을 향유하는 존재로 전락할 위험에 노출된다.

"세상이 설탕으로 가득하다"는 믿음은 "천국의 계단"(「허공 그림」)을 오르는 것 같은 기분만을 취한다. 그러나 이러한 믿음은 착시로 이루어진 착취의 결과이기 때문에 철근과 시멘트로 만들어진 욕망의 피조물로 존재한다. 그것은 주체로 하여금 언젠가는 무너질 위태로움을 간과하게 하며 컨베이어에 올라탄 것처럼 기계적 삶에 매몰되도록 한다. 이때의 '나'는 타인의 고통에 감응하지 못하게 되고 세상에 불필요한 존재로 전락할 위험이 다분하다. "세상은 내가 없어도 돌아간다"(「Conveyor」)는 언술이 환기하는 주체의 소외에 휩쓸리지 않기 위해서 '나'에게는 "상처의 안쪽"(「달의 계곡」)을 살펴보는 행위가 필요하다. 겉으로 드러난 것만을 감각하는 것은 왜곡된 감각을 내면화하여 은폐된 것에 대한 사유를 정지시킨다. 왜곡된 세계에서 은폐된 상처를 안고 살아가야 하는 인간이란 '비애'나 다름없다. 그렇다고 눈물이 만든 "소금사막"처럼 황폐한 상태에 머무를 수는 없는 노릇이다. 이를 위해 시인은 "거꾸로 보아야" 한다고 말한다.

> 기린의 목은 높은 데 있어서
> 아프리카 초원 어디든 볼 수 있지만
> 뿔은 나쁜 기억들로 자꾸 솟아오르지
>
> 싱크로나이즈드 스위밍은 거꾸로 서야
> 예술이 되고
> 발바닥을 펼쳐 보여야 발레가 되지
> 발 구린내를 오래오래 감추고 있다가
> 관중들에게 확 향기를 풍겨 주어야
> 감동을 주지
>
> 오,
> 아름다운 예술이라고 사람들이 박수를 치지
> 얼굴이 보이지 않도록 물속에 처박혀
> 헉 헉 발목만 내민 채
> 안녕하세요
> 이게 제 진짜 모습이에요
> 발가락으로 웃으면 사람들이 좋아하지

박수를 치는 사람들도 가면을 쓰고 있지

칸딘스키는 그림을 거꾸로 보고서야
그림을 보게 되었다지
거꾸로 그리고 나서야 비로소 화가가 되었다지
아방가르드도 그렇게 태어났다지

거꾸로 보아야 세상도 제대로 보이지
사람들이 오른쪽을 보고 있을 때
왼쪽을 바라보면 고문관이라는 소리를 듣지
난 고문관이 아니야

세상은 그런 게 아니지
사람들은 자꾸 말을 거꾸로 하지
나는 거꾸로 생각하는 버릇이 있지
건물이 큰 이유는 밀담을 나누기에 좋기 때문이지

기린은 키가 너무 커 숨을 데가 없지
　　　　　　　　　　　　　　　　　—「기린」 전문

　기린은 목이 높은 데 있어서 아프리카 초원을 볼 수 있는
것일까, 아니면 초원을 볼 수 있기 위해서 목이 길어진 것
일까. 진화생물학적인 관점에서 보면 생존을 위해서 그렇
게 되었다고 볼 수 있겠지만 중요한 것은 역설적으로 기린

이 자신의 몸을 숨길 만한 곳을 찾을 수 없다는 데 있다. 은폐될 수 없는 기린은 온전히 자신을 노출시킨다. 그러나 오히려 목을 노출시킴으로써 다른 것을 감추고 있는 것은 아닌가. 그렇다면 그것은 무엇일까. '거꾸로' 생각하자면 숨지 않으면서 숨는 아이러니를 야기하는 것일 수도 있겠다. 칸딘스키의 경우나 아방가르드의 경우처럼 거꾸로 보고 거꾸로 그리는 것이 필요한 순간이다. 다시 말해 자신을 온전히 노출시키기 위해서는 싱크로나이즈드 스위밍처럼 "발바닥을 펼쳐 보여야"만 한다. 기린의 목이 아무리 길어도 '뿔'로 환원된 "나쁜 기억들"은 밀담처럼 감춰진 채 솟아오른다. 발바닥이야말로 겉으로 드러난 목과 달리 은폐된 본질 혹은 억압된 것이라 할 수 있다. "구린내"는 오래 감추어야만 했던 억압의 양태를 폭로하는 역할을 수행한다. 그것은 거짓된 것이 아니기에 "아름다운 예술"이라 칭송될 수 있겠지만 역설적이게도 "이게 제 진짜 모습"이라고 소리칠수록 '나'의 얼굴은 "물속에 처박혀" 버리고 만다. 억압된 것이 귀환하더라도 이를 향유하는 존재는 '내'가 아니라 가면을 쓴 타인들이다.

가면을 쓰고 자신을 감추고 있는 존재들은 '나'의 발바닥을 보고 박수를 치며 좋아한다. 완전히 노출된 존재는 은폐된 것을 폭로함으로써 세계가 강요한 폭력에 저항하는 행위를 수행하지만 그로 인해 자신은 숨을 데를 상실하게 되며 또 다른 폭력과 마주하게 된다. "거꾸로 보아야 세상도 제대로 보이지"라는 말은 '나'를 행위만으로는 성취될 수 없는 일종의 '고문관'의 역할로 이동시킨다.

거꾸로 말을 하는 사람들 속에서 '나'는 거꾸로 생각한다. 뫼비우스의 띠 위에 올라간 주체는 발바닥을 숨길 수조차 없게 된다. 이 설명할 수 없는 비의는 '타워크레인'에 목숨을 실어 올리는 이의 이미지로 전유되기도 한다. "누구나 한 번은 꼭/ 앉아야 하는"(「?」) 내몰린 자리에서 '나'는 무엇을 더 할 수 있는 것일까.

이게 진짜 제 모습이에요

세계의 구조는 너무나도 단단하여 "벗을 수 없는 유리 꺼풀"(「유리뱀」)로 작동한다. 유리는 투명하여 안과 밖을 공평하게 비추는 것처럼 보이지만 실상 그 둘을 단절하고 분리시킨다. '나'는 안과 밖 어디에 있는지 알지 못해 혼란스럽다. 이러한 혼란 속에서 '나'의 불안은 전시된다. 허나 역설적이게도 '나'의 불안을 야기하는 세계의 폭력적 구조가 투명하기 때문에 은폐가 용이해진다. 정연홍 시인은 '나'를 '유리뱀'으로 은유하여 구조적 관계 속에 놓음으로써 탈주를 추동한다. 탈주에의 의지는 주체로 하여금 깨어져 조각난 유리 파편에 피 흘리게 할 뿐이다. 유리로 환유된 세계는 깨어지지 않는다. 스스로를 파괴하여도 '내'가 얻을 수 있는 것이라고는 절망뿐인 셈이다.

세계는 완강하게 버티고 서 있다. 이에 맞서는 주체가 어떠한 행위를 수행한다 하더라도 그것은 결국 실패로 귀결되는 것처럼 보인다. 그러나 시인이 재현하는 실패가 절망으로 전락하진 않는다. 오히려 회복할 수 없을 것처럼 보이는 고통은 그 심연을 보여 줌으로써 '역화(逆火)'의 추진력을 얻는다. "온전한 길"이란 '내'가 가고자 하는 방향이 아닌 '나'에게 강요된 세계의 길이다. 그러므로 "자기 길로 가지 않은 벌"(「Back Fire」)은 주체에게 강요된 세계의 방향성에 복무하지 않는 저항에 따른 처벌이 된다. 그럼에도 시인의 시적 주체가 수행하는 역화는 스스로를 태울지언정 세계의 폭력에 굴복하지 않고 다른 길을 모색하고자 하는 행위로 볼 수 있다. 이는 맨홀에서 빠져나오기 위해 발톱이 다 닳아 버릴 정도로 고통에 겨운 고양이와 동일시하려는 의지에 가깝다. 해결할 수 없는 궁지에 내몰린 상황에서도 주체는 "슬픈 사람을 돌보느라 자신의 지문은 문드러져 버"(「맨홀」)린 존재를 상상하고 이에 자신을 투사함으로써 이를 자신의 존재 기반으로 삼는다. 타인의 고통에 공감하는 것이야말로 기꺼이 자신을 훼손하더라도 강요된 세계의 길로부터 벗어날 수 있게 한다.

죽은 돼지의 입가를 가스 불로 살살 간질인다 부드러워진 볼따구니 위쪽으로 당겨 준다 돼지가 웃는다 웃는 얼굴은 맛이 좋다

도끼가 머리를 내리찍을 때 돼지들의 얼굴이 일그러진다 고통을 모르던 생이 고통을 알기 전에 웃게 만들어야 한다

(중략)

사람들은 웃는 돼지를 용케 알아본다 찡그린 사람이 웃
는 돼지의 웃음을 먹는다 통증을 아는 사람이 맨 처음 돼지
머리에 절을 했을 것이다

마장동을 지날 때마다 나는 절을 한다
통증이 조금 사라지는 것을 느낀다
—「웃는 돼지」 부분

죽어 누군가의 축원으로 기능하는 돼지처럼, 실체화된
고통을 웃는 얼굴로 은폐함으로써 통증을 무감하게 만드는
존재들이 있다. 그 부조리한 관계 속에서 절을 하는 이는 타
인의 고통을 이해하고 공감한다. 알레고리로 읽히는 「웃는
돼지」의 시적 상황은 어쩌면 '고통의 외주화'로 일시적인 위
안에 경도될 위험을 안고 있기도 하다. 맨홀 속에 빠진 고양
이의 몸부림처럼 공감은 하나 구원의 손길을 내밀지 않는
존재처럼 현실적 문제와 맞닥뜨려 이를 해결하기보다는 현
상적인 문제에서 일시적 위안을 얻기 위해 세계와 타협하
는 양상을 재현하는 것처럼도 보인다. 해결할 수 없는 비극
적 상황 속에서 느껴지는 처연함이 스산하게 다가온다.
돼지의 죽음과 그 죽음을 희화화하여 향유하는 사람들
의 대비는 주체와 타자를 구획 짓고 제어하려는 세계의 폭
력을 의미한다. 윤리적인 차원에서 우리는 불편하기만 하

다. 돼지가 "세상에 남기는 흔적"(「어떤 기록」)은 웃음을 전유하지만 그것은 강제된 것이라서 실상 아무것도 남기지 않는 것과 같다. 그런 이유로 '내'가 절을 하는 것은 통증을 경감하기 위해 수행되는 작위일지라도 그 처참함을 외면하지 않고 기록하려는 행위가 된다. "마음에 담아 두면 언젠간 말이"(「어떤 기록」) 될 것이므로 외면하지 않는 것이 중요하다. "붉게 짓이겨진 상처도 언젠간 다시 아문다"(「코르크 왕국」). 고통을 실감하고 일시적 위안으로서의 공감이나마 현재를 감각하고 이에 대한 사유를 이끌 수 있다면, 시는 그것으로 보편적 행위의 상상 범주로 작동할 수 있을 것이다.

이러한 시적 사유는 아프리카 시편들에서도 확인된다. 약육강식의 야생 공간인 아프리카는 스테레오타입화된 부분을 거둬 내면 언제든 전복될 수 있는 가능성을 지닌 공간이기도 하다. 일종의 알레고리로 치환되는 아프리카의 현실은 수사적 연쇄로 인해 황폐하기만 한 공간으로 전락하지 않는다. 치타가 잡은 누우 새끼 한 마리에 몰려든 짐승들의 향연(「아프리카 6」)은 힘의 논리로 작동하는 세계라기보다는 에너지의 분산 혹은 역학적 평형 상태를 향해 나아간다. 이를 아프리카라는 지엽적 측면에 한정되는 사유로 바라본다면 아무런 의미도 없을 것이다. 오히려 왜곡되지도 은폐되지도 않는 적나라한 생존의 보편적 현장으로, 즉물적인 사회문화적 상징으로 충분히 상상 가능한 현실태라 할 수 있다. 아프리카에 대한 사유는 "곡선의 유연함이 없"(「box 1」)는 현대인의 삶의 자조적 풍경과 맥락을 같이하는 것처럼도 보인다. 세계를 구성하는 'box' 이미지들이 전유하는 환유적 연쇄는 세계가 강요하는 우리의 존재 양태와 그에 대응하는 방식 등을 사실적으로 재현한다. 이처럼 정연홍 시인은 세계의 전형성을 현시하여 그에 복무하는 주체를 되돌아볼 수 있게 한다.

공구라는 이름의 사물이 있다
몽키스패너파이프렌치와이어스트리퍼
(중략)

공장에서 대량생산하는 공구
지구에서 대량생산되는 인간
들은 목적이 같거나 다르거나

　　　　　　　　　　　　　　　　—「공구들 1」부분

공구를 잡으면 새로운 하루가 시작되고
무언가를 만드는 순간 나는 사람이다
(중략)

공구들이 작업 준비를 하고 있다
작업장에는 고요한 긴장이 흐른다
내일도 누군가 장갑을 끼고 문을 열고 들어올 것이다

　　　　　　　　　　　　　　　　—「공구들 2」부분

사각형의 자본주의 세상에서 인간은 공구로 치환된다(「box 2」). "공장에서 대량생산하는 공구"와 "지구에서 대량생산되는 인간"의 대칭적 구조는 자본주의 세상을 살아가는 인간의 초라한 양태를 직설적으로 제시한다. 이는 "무언가를 만드는 순간"에서야 "나는 사람"이라고 자기를 증명해야 하는 처참을 마주하도록 이끈다. 이러한 각성의 순간은 주체로 하여금 저 자신을 '공구'로 취급해 버리는 혐오와 도취를 불러온다. 제작을 통해서만 자기를 증명할 수 있는 공구, 즉 도구로서의 위치를 강요당한 주체는 고유성을 상실한 채 내일은 '누군가'로 대체 가능한 타자였음을 씁쓸하게 인식하게 된다.

생존을 위해 기꺼이 도구가 되어야만 하는 '나'는 노동자로서 "주야 2교대"의 공전을 수행한다. "밤새워 일하고 다음 날" 겨우 잠을 청할 수 있는 공전하는 '나'는 "공정으로 존재"하며 이를 "공적"이라 말해야 하는 삶을 산다(「자전과 공정」). 컨베이어 시스템에 복무할 수밖에 없는 자동화된 존재, 도구화된 존재로서의 치욕을 봉합하는 일은 불가능하기만 한 걸까. 어쩌면 정연홍 시인은 봉합의 불가능성을 너무나 잘 알고 있는지도 모른다. 세계가 강제하는 굴욕과 능멸을 아무렇지 않게 받아들이기에는 주체의 삶은 너무나도 고통스럽다.

그렇다면 도구화된 존재가 수행하는 저항의 방식은 도구의 활용에 있는 것일 수도 있겠다. 시인이 재현하는 "해머의 리듬"이나 "톱의 자세"가 어쩌면 우리 삶이 농락당하는 것에 대한 응전의 양상으로 읽히는 것은 그 때문이다. 부조리한 상황에 놓인 와중에 망연자실하지 않고 능동적 대처를 통해 자신을 지켜 내고자 하는 노력이야말로 어쩌면 최선의 방법일지 모른다. 주체가 수행하는 "해머질"은 "단번에" 이루어지는 것이 아니다. 그것은 "그냥 내려치는 것이 아니"라 "가볍게 톡톡 잽을 던져 선전포고를 하"듯 수행되는 것이다(「해머의 리듬」). 이는 세계라는 타깃을 변화시킬 강한 압력으로 작용하기보다는 자신의 존재를 세상에 기입하는 방식처럼 보인다. 역설적일 수도 있겠지만 그는 세계가 요구하는 바에 자신을 맞추어야 하는 비애로부터 스스로를 지켜 내고자 도구로서 존재하는 한편 자신의 고유한 리듬을 형성하여 세계에 균열을 내고자 한다.

이러한 '나'의 "처신법"은 "각각의 방향으로 밀어낼 때와/당길 때를 알고"(「톱의 자세」) 수행하는 행위를 동반한다. 이 행위는 세계에 맞서 단일한 대오로 정면대결하기보다는 톱날의 방향이 지닌 유연성에 기반을 둔 것이다. 그러나 "밀리지 않기 위해 방패를 잡고 함께"(「군중 속의 고독」) 밀어야만 하는 대결의 현장은 영원히 지속되리라는 불길한 예감이 들게 한다. 권리를 쟁취하고자 하는 행위와 이를 거부하기 위한 행위가 맞물려 갈등하는 현장은 각목과 방패로 구성되어 있으며 서로를 배타적으로 소외시킨다. '군중'으로 묶인 개별적 존재들의 외침이 연대하여 이뤄 낼 수 있는 부분도 분명 있겠지만, 그것은 폭력의 무한 반복이 가져오는 피로감과 고독을 환기시키며 세계가 은폐한 폭력을 고발하기보다는 오히려 활성화시키는 처절함을 낳는다.

얼핏 생각하면 권리를 위한 적극적 저항의 행위는 각진 세계의 직선적 사유에 맞부딪쳐 변화를 이끄는 가장 효율적인 수행일 수도 있다. 이는 사뭇 다른 직선적 파괴를 통해 새로운 것을 생성하고자 하는 욕망처럼도 보인다. 하지만 근본적인 질문을 던질 수밖에 없다. 그렇게 하면 정말 성공할 수 있을까. 알 수 없는 노릇이다. 그럼에도 우리가 알 수 있는 한 가지는 "어떤 힘들이 그것을 왜곡할 뿐"이라는 사실이다. 그 왜곡하는 힘, 권력으로부터 우리의 "사소한 하루"를 지켜 내기 위해서는 "곡선이 없는 도시"의 방식이 아니라 곡선의 유연함을 견지해야 한다(「사소한 하루」).

내동댕이쳐도 죽지 않았다

세계의 부정의함을 부정의 방식으로 재현하는 시를 절망적으로만 읽는다면 그 얼마나 비참한가. 정연홍 시인의 시편들이 보여 주는 참혹한 현실은 실상 시인의 우주적이고 지구적인 시야를 통해 객관화된 측면이 없잖아 있다. 그렇기 때문에 여기에서 필자가 쓴 부분이 과도한 해석을 담보하고 있는 점이 오히려 세계에 대한 존재의 불안을 가중시키고 있는 것일 수도 있겠다. 그러나 우리가 살아가고 감당해 내는 세계의 층위는 불편부당에 대한 부정을 통해 다른 가능성을 획득하게 된다.

"신이 되지 못해 땅에 버려진 족속"인 인간은 나무, 새와 더불어 "산보다 높이 하늘로 오르려" 한다(「하늘 나무」). 상승

133

에의 욕망을 지탱하는 그들의 발목은 가늘기만 하다. 기반의 위태로움을 토대로 우러르는 대상에 가닿고자 하는 마음이야말로 도구적 존재로 전락하지 않으려는 실천적 사유에 해당한다. 삶에 의미를 부여하는 것은 인간의 언어일 뿐이다. 인간은 이러한 사실을 끊임없이 부정하며 본질을 은폐한다. 시인의 사유는 이러한 관계를 넘어서는 부력으로 작동하며 그 너머를 향한 욕망을 숨기지 않는다. "지상의 집은 내 집이 아니"(「투줄라마」)라는 시인의 언술은 이 세계와 접속하는 주체의 유연함에 기대고 있다. 이는 삶의 토대를 지상에 두지 않으며 특정한 쓸모에 자신을 가두지 않음으로써 폭력적인 강요와 강제로부터 멀리 떨어져 우주적인 관점의 삶을 가능하게 한다.

여기서 생각해 볼 것은 정연홍 시인의 사유가 인간에 국한되지 않는다는 것이다. 세계의 폭력에 노출된 존재의 상처는 인간만의 것이 아니다. 시인이 지구라는 곳에서 살아가는 존재의 양태를 응시하는 시선은 날카롭다. 플라스틱 과자와 우레탄을 먹는 북극곰들의 "잠은 싱싱할 것이"(「곰들의 과자」)라는 반어는 '백야와 맞물려 지속되는 빛의 폭력과 문명이라 일컬어지는 세계가 삶의 토대를 어떻게 붕괴시키는지를 끔찍하게 재현한다. 조류독감, 구제역, 아프리카 돼지 열병을 비롯한 질병들이나 사스, 신종 플루, 메르스와 신종 코로나 바이러스까지 죽음의 공간이 되어 버린 지구에서 우리는 "공동묘지 관리인"(「닭」)으로 존재해야 하는 것인지도 모른다. 그 안에서 살아가야 하는 존재는 세계로부터 비롯된 상처의 무게로 인해 삶을 지속하는 것조차 어렵기만 하다. 아프리카 시편들에서 엿보이듯이 알레고리로 읽히는 다양한 지엽적 문제를 전 지구적 문제로 연결하여 사유하는 부정의 시학에 주목해야만 하는 이유가 여기에 있다.

정연홍 시인이 지닌 중층적 층위의 사유는 부정적 현실에 대한 냉철한 인식에서부터 비롯된 것이라 말할 수 있다. 낯익은 세계가 실상은 착시에 불과하다는 것을 밝히기 위해 부정의 방법론을 채택한 시인은 은폐된 상처가 지닌 징후를 읽어 내며 견고한 세계의 균열을 포착하고 있다. 상처를 야기하는 일상적 폭력을 감내하고 "싸이나를 먹으며 매일 조금씩 죽어 가고 있"는 정연홍 시인의 시적 주체는 "절망적인 극약으로 위장한"(「천남성」) 세계로부터 탈주하기 위해 자신을 혹사시키고 있는지도 모른다. 이는 그가 전유한 "극양(極陽)"의 세계를 위반하는 쾌감이 마냥 유쾌하지 않은 이유이기도 하다. 그러나 잊지 말아야 할 것은 세계의 강제하는 명령에 도취된 채 잠식되지 않으려는 태도이다. 시인의 문제의식은 명확하다. 어리석은 세계의 요구로부터 가정된 정상성이란 것이 얼마나 취약한 지반 위에 놓여 있는지 직시하라는 것이다. 그 부정의 사유야말로 정연홍 시인이 지닌 가장 큰 무기인 셈이다. 그리고 그 무기야말로 착시를 야기하는 기만적 세계의 폭력을 전복시킬 힘이 되어 우리를 지켜 낼 것이다.